청어詩人選 438

사랑,
그 여행길

김원호 시집

청어

시인의 말

 '시인'이란 이름표를 가슴에 붙이던 2000년에 첫 시집을 상재했다. 이후 2022년까지 세상에 내놓은 시집이 다섯 권 그리고 산문집이 네 권이다. 그간 상재한 시집들에서 마음에 드는 시들과 지상에 발표한 시들을 합하여 팔십여 편의 시를 묶어 여섯 번째 시집으로 상재한다.

 부모님의 도움을 받아 세상의 빛을 본 후 가족의 일원이 됐고, 집사람과 결혼 후 태어난 아들딸을 중심으로 가정을 이루며 한세상을 살았다. 이제는 내 아들딸들이 각각 가정을 이루고 사는 세상을 바라보는 입장에서 집사람과 둘이서 살고 있자니, 아름다운 저녁노을이 지평선 아래로 내려갈 시간이 눈앞에 어른거린다.

빈손으로 왔다가 빈손으로 가는 길, 가족들의 이야기가 중심에 서고 본인의 산 삶을 되돌아본 이야기가 된다.

2024년 겨울의 끝자락에서

柔剛 金 源鎬(김 원호)

차례

2부 사랑, 그 여행길

3부 노을 앞에서

1부

방랑벽

아들과 두 딸

방랑벽

깊은 곳에 서려 있어도
영원히 머물지 못하는
사랑이여

그대가 옆에 있어도
밀물같이 밀려오는 외로움
막을 길이 없어라

그늘이 있는 곳마다 쉬어가야 하는
마음에서 떠날 줄 모르는
방랑의 벽이여

숨이 멎는 날까지
구름으로 흐트러질 바람이런가
내 사랑은

역마살

목적지도 없고
갈 곳이 없어도
떠나고 싶어지면 떠나야 해

흩날리는 눈길 따라
생각 없이
발길을 돌립니다

경춘선 차창밖엔
쏴아 하고 부는 바람
나뭇가지에서 흩어지는 눈꽃송이

눈이 부신 공중 윤무輪舞
하얗게 변해버린
아름다움의 극치인 은세계가 펼쳐지네

그대 손은 뜨거워
눈 쌓인 길 뽀드득 뽀드득
함께 밟아 보는 사랑의 멜로디

숭어잡이

제부도엘 갔더니
숭어가 입을 딱 벌리고
나를 잡자고 하네

바위에 엎드려
돌로 굴을 따내고
혀로 씻어내나니

붉은 해가 가라앉고
스치는 바람에
가을 고추가 붉게 익어가네

훈훈한 사람

삭히면 삭힐수록 참맛이 나는
체증이 확 풀려 속이 후련해지는
그런 사람 어디 없을까

갈면 갈수록 다소곳한 내음
방안 가득히 번지는 묵향墨香
그런 묵은 향기라도 치솟았으면

가려운 곳을 긁어주고
아픈 마음을 어루만져주는
그런 사람 따뜻한 이

만나고 돌아서면
또 금방 보고 싶은
그런 훈훈한 사람 어디 없을까

해가 뜨고 달은 기울지만
끌고 다니는 내 그림자
그런 사람이 나는 되고 싶다

내 탓이로소이다

깃털을 세우고
목표를 정해
눈 부릅뜬 싸움닭

잡지 않으면 먹혀야 하니까
발끝까지 힘을 실어
후퇴 없이 앞으로 앞으로

마음을 열고 상대를 맞이하면
봄눈 녹듯 부드러운
당신들이긴 한데

깃 내리고
목살 힘 빼고
부드러운 눈으로 상대를 하면

돌아올 먹구름
하얗게 핀 뭉게구름같이
가뿐하게 마음을 적셔주려니

똬리를 틀고
낚아챌 준비를 하고 있음은
당신이 아닌, 내 탓이로소이다

자리를 내놓으며

조그마한 모임이나마
봉사와 보람의 씨앗을
민들레 풍선에 매달아
바람에 날려보내나니

어느 하늘 아래
싹 틔우고 뿌리내려
믿음의 꽃 피고 져서
스치는 바람에도 그늘로 가거라

입술이 아파
소리를 낼 수 없고
손끝이 아파
장단을 칠 수 없음에도

하모니카 소리의 화음
기쁜 마음으로
반주하는 봉사를
잠시나마 했었네

글을 읽고 쓰는
영원의 세계를
내 찾았음은
또 하나의 기쁨이어라

비무장지대

조국의 산허리를 가로지르는
기나긴 철책선은
더 높은 마음의 벽인
평행선을 긋고

까마귀의 날개에 원혼은 실려
남북을 오가는데
양쪽의 병사들은 눈을 부릅뜨고
서로를 마주하네

깊은 계곡 골짝마다
따가운 햇볕에 녹았을
젊은 넋들
누구를 위한 전쟁놀이였던가

나뭇가지엔 차가운 바람
소리의 진원지도 모르면서
스러져간
풀잎 담은 아침이슬

방울마다 반짝반짝
어릴 적 고향 그리운지
어제도 오늘도
울음의 빛 띄워 보내고 있네

독도로 가는 길

하늘이 빙빙 돌고
땅도 요동을 치며
파도 속에서 출렁출렁

몇 숟가락 먹은 아침
물살에 풀어
어쩔 수 없이 수중제水中際를 올린다

토해내야 하는 황소의 울음
파도 소리 따라
동족東族바다 위를 걷는다

꽉 잠긴 독도의 대문
빗장 하나 풀지를 못하고
깊은 잠에 빠져든 듯

작은 점 하나 독도
독한 뱃멀미를 견디어 온 바람
무궁화꽃아

실뿌리 튼실히 내려
가지끼리 얽히고설켜
설 자리 주지 말거라, 사쿠라에게

미지의 세계

어디에서 와서 어디로 가는 거냐고
나에게 물었지요
글쎄글쎄 합니다

하느님은 하늘에 계신 거냐고
신부님께 물었지요
계시다고 조건 없이 믿으랍니다

정말로 극락이 있느냐고
스님께 물었지요
있다고 믿으랍니다

가본 사람은 없고
닿아보지도 못한 미지의 세계
있으니 믿고 그냥 살랍니다

너도 나도 모르고
하늘과 땅만이 아는
미지의 세계

자만과 오욕은 강물에 띄워 보내고
참다운 이웃으로 살라는
성당의 종소리를 가슴으로 듣습니다

방앗소리

덩더쿵 덩더쿵
참새들의 입방아 소리
내 그림을 내가 그리는데
방아 찧는 소리는 지축을 흔드네

원앙들의 방앗소리
내 생각을 내가 펼치는데
찧는 소리 귓가에 맴돌아
귀를 굳게 닫게 하고 말문을 막네

가시나무에 매달린 아침 이슬
맨손으로 받아보았는가
이슬을 받던 어린 손에 맺힌
그대는 그 피멍을 보았는가

맨발로 걸어온 가시밭길
나이든 병사
보고 싶지 않은 참새들이
뚝뚝 떨구는 눈물을 보았는가

방앗소리가 천지를 진동해도
내 마음의 노래 부르지 않을 수 없어
방앗소리 아름다워
귀를 세운 당나귀도 빙긋 입을 여네

전나무 숲길 따라

닿아보니
살며 살며
햇살바라기

엉킨 숲속
헤쳐 나가기

오늘도 곁가지 잘라내며
남몰래 삼키는 시퍼런 눈물
단비에 씻는다

눈비 폭풍에도
흔들리지 않는 눈썹
필요한 곳, 그곳에 있겠다며
담담하게 서 있는

내 아의 전나무
키우러 간다 간다
숲길 따라

하늘을 갖고 싶다

하늘을 갖고 싶다
나만의 빈 하늘을

구름바다 위에
사뿐히 앉아

바람이 부는 대로
노를 저어 그렇게 정처 없이

어디를 가느냐고
묻지를 말거라

그냥 그렇게 가고 싶다
나만의 빈 하늘로

꿈을 만지다

다시
찾아가는 길

뻗으면 닿을 듯
팔을 휘저어도
잡히는 것은 없고

까치발 디디면 보일 듯
키를 높여도
보이는 것은 빈 하늘뿐

안개 속에 묻혀버린
꿈이여
사랑이여

헤매다, 돌아오면
어디로 갈까

허상虛像

허상 따라 눈비 맞고
때로는 된서리까지 맞으며
지켜온 오늘

눈을 감아도
쫓아오고
따라가야 하는 그림자

모순이 물결 속에
춤을 추며
내일의 실상을 쫓아

선녀가 하늘을 나는
야무진 꿈이 있어
수놓고 있는 따스한 햇살 무늬

사랑니

내 사랑 옆으로 비스듬히 누워
잠자던 눈 비비고
반란을 일으킨다

바람이 지나며 낸 깊은 상처
유리잔이 깨어지는 소리
핏물이 흥건하다

헤어질 수 없다는 몸부림
의사의 손은
너를 무자비하게 떼어낸다

뼈를 깎는 아픔이 온몸을 흔들어도
불끈 쥔 두 주먹 앞에서는
힘을 잃고 쓰러지나니

피 흘리는 싸움
썩은 사랑니 하나 미라가 되어
파란 하늘을 향해 웃고 있네

사랑은 스쳐가는 바람인 것을

장맛비 속에서 겸손과 비움을 배우다

긴 장마철에 눅눅해진
마음의 문을 열고 싶으면
우산 하나 손에 들고
산이나 들로 나갈 일이다

들녘에는 초록바다의 물결
이는 바람에 모두 모두 고개 숙이고
나뭇잎에 방울진 빗물은
고개 숙여 땅으로 떨어뜨리고

다시 곧게 선 나뭇가지
비움을 가르친다

은평구 진관사 내시들의 묘역에선
한세상 치열하게 살아보니
부귀영화도 별것 아니더라고
후회는 앞서는 법이 없으니

바르게 살라고
바르게 살다 오라고
빗속에서 내시들의 아우성이 빗발친다

고백성사

지은 죄
얼기설기 얽힌 칡덤불
찾지 못하는 가닥

의무를 소홀히 한 죄
불우이웃 외면한 죄
부부 싸움한 죄

죄명이 줄줄이 기다려도
말문이 닫혀
눈만 깜박이고 있지요

경대經帶 위에 두 무릎 꿇고
경건한 사제 앞에서
속죄의 참회를 합니다

눈물 먹고 사는 참회
머리가 맑아지고
마음은 새털이 되어 창공을 납니다

편안한 사람

신을 신으면 발이 편안한
구두 같은 사람

옷을 입으면 몸에 꼭 맞는
맞춤복이 되고

똑똑하고 애교가 넘쳐흘러
잘 버무려진 겉절이

혜성같이 나타났다가
긴 꼬리 여운만 남긴 채
유성으로 사라진 사람

짧은 만남에 마지막 흔들던
여린 손길이 지워지지 않은 채
눈에 매달려 사라질 기미가 없네

웅어리져가는 아쉬움

나비와의 대화

영평사 나비는 탐욕에 빠진 중생
날개를 접었다 폈다
이 꽃에서 저 꽃으로

꿀만 모으면 됐지
뿌리까지 뒤흔들어 놓고
마침표가 없는 날갯짓

구절초 향에 흠뻑 취한 나그네
한 마리 나비가 되어
방향 잃은 더듬이, 꽃 속을 헤매

구절초 아홉 마디마다 품어내는 향
비워 낸 마음 밭
이 가을이 속절없이 깊어만 가네

달맞이꽃

노란 잎 오므려 진종일 땀 흘리며
마음의 문, 닫고 있음은
그대를 맞이하기 위해서입니다

아침부터 해질 때까지
삶의 악취와 상처가 싫어
긴 목을 틀며 무작정 햇님을 따라가기는 싫습니다

으스름달밤이면 고단한 발길로 오실 그대
발소리만 들어도
함박웃음이 피어납니다

여울물이 조약돌에 부딪혀
우는 소리를 듣고 있는 나는
이 밤 샛노랗게 다시 피어납니다

숲에서 들리는 소리

산소마스크 끼고
가쁜 숨을 몰아쉴 때
공기의 고마움을 느끼듯이

숲으로 돌아갈 시간
짙은 노을 속에서
낭랑하게 들리는
숲의 노랫소리

목수에게는 목재를
아픈 사람에게는 약재를
배고픈 사람에게는 먹거리를
풀과 나무가 베푸는 보시

갖고 싶은 이들에게 갖고 싶은 만큼
한 아름씩 안겨주는 숲의 넉넉함
숲의 품에 안기면
어머니의 가없는 정에 담긴다

보성골프장 레이크 코스

짝을 찾는 개구리들의 노랫소리
계곡을 흔드는
레이크 코스는 젊다

가녀린 연록 나뭇잎이 피어나고
이팝나무 흰 꽃이 활짝 펴서
사랑의 허기를 달래주네

근심 걱정 머금은 공
힘껏 쳐올렸더니
푸른 하늘 가르고

여기저기 골짜기에 부딪혀
되돌아오는 굿 샷의 함성
개구리의 사랑노래와 하모니를 이루네

순간의 사랑을 놓쳐 버릴까 봐
마음 졸이는
신록의 계절이 땀으로 범벅이네

교감交感

찬 얼음장 손과
뜨거운 불화로 손이
겹치던 날
몸의 최적온도는 36.5도

뜨거운 네 심장이
내 가슴에서 두근두근 팔딱이며
깊은 밤이 고요를 가르며
잠까지 앗아가고

진정한 사랑은
한 사람의 소유가 아니고
일정한 거리를 둔
치킨게임

붉게 물들어 가는
저녁노을
마지막 황혼의 불꽃
저승까지 아름답게 피어나겠지

뜨거운 감자

푹 삶은 감자 하나
손에 들고 호호 불며 안절부절

곧장 입에 넣으면 입천장이 헤어질 것이고
그냥 있자니 견딜 수 없이 손바닥이 뜨거워

예쁜 장미꽃 한 송이

아까워 남에게는 줄 수 없고
갖고 있기에는 향이 너무 짙어

온기가 쉬 가시지 않은 뜨거운 감자
가슴 속에서는 냉탕과 온탕을 오간다

바람아 불어라, 더 세게 불어
짙은 안개가 깔끔이 가실 때까지

청보리에 붙어있는 까끄라기

산책길에 청보리가 눈길을 끈다
이제 막 패기 시작한 청보리
이삭에 붙어있는 어린 까끄라기
꼿꼿한 자세로 푸른 하늘을 겁 없이 치켜본다

저놈이 저래도 청보리가 누렇게 익어
보리타작할 때는
비 오듯이 땀이 흐르는 온몸을 찾아다니며
깔끔거리게 하는 놈이지

네 놈의 괴팍한 성깔을 알 만큼 알지
살면서 너 같은 놈, 수없이 만나 보았지
생각만 해도 소름이 끼치도록
고즈넉한 여름밤

온몸에 진저리가 일어나

욕심

비우고 비우겠다고 다짐만 하고
채우고 채워도 사막을 맨발로
걷는 듯 갈증은 더해 가네

얼마를 더 채워야
마음이 평화로워
웃는 세상이 보일까

바람이 욕심의 번뇌를 계속 끌어들여
문풍지는
밤마다 울고 있어

목숨이
다 하는 날
사라질 허기虛飢런가

2부

사랑, 그 여행길

필자의 70회 생일에 참석한 직계가족들 (2009년)

첫 번째 꿈

보금자리인 집을 장만하는 일은
신혼부부의 첫 번째 꿈
자동차를 갖는 일은 남의 나라일

3D업종이 뭔지도 모르고
돈이 되는 일이라면 밤낮없이
시간 가는 줄도 몰랐던 시절

사기를 치거나 도둑질이 아니라면
마음에 한 점의 부끄러움이 없이
어떤 일이든 못할 일이 없었지

부부 합심으로 앞만 보고 뛰다 보니
모르는 사이 생겨난 예쁜 자식들
수풀 속에 호박같이 곱게 자라주었지

대문에 부부 이름을 넣어 새긴 문패 달고
행운의 빗장을 풀던 날 꿈속에서도 얼굴에
활짝 핀 웃음꽃이려니

사랑

하나보다 둘이 좋고
둘보다 셋이 좋아라

밤은 어두워서 좋고
낮은 밝아서 좋아라

비가 오면 와서 좋고
눈이 와도 와서 좋아라

인생은 아름다운 소풍 길
그대 내 곁에 있으면
사랑이 누리를 곱게 물들이네

치자나무에게

우연한 너와의 만남이
수십 년이 지났구나

네가 피운 흰 꽃들을 여겨보며
짙은 향을 난 즐겼어

분갈이 한 번도 없이
나는 황홍색 열매까지 기다렸지

개미 쫓는 일이 재미있어
네 몸에 살충제까지 뿌렸어

숨통을 막아 줄기만 남은
싫어도 좋아도 말문을 닫고 사는
우리 집 그 사람

치자나무야
너무도 미안해

주인을 잘못 만났어도 참아준
너의 진심에 난 감사하고 있어

네 아픔이 있는 곳을 알았고
네가 싫어하는 것을 이제 알았어

네 편에 내가 똑바로 서서
너를 알뜰하게 보살펴 줄게

화해의 장미꽃 들고

화해의 장미꽃
한 아름 안고 찾았는데 기차는
기적을 울리며 떠나고 말았습니다

어찌할까
구름 타고 그 위를 따라
기차의 연기나 따라갈까요

아니야
아내 없는 빈 집에서 마음 비우고
혼자 인터넷 고스톱이나 쳐야지

구름 따라 멀리 간 사람
내가 옷깃이라도 붙들어
말리지 못했을까

잔잔한 호수에
돌을 던지고 가버린 그 사람
지금쯤 입에서는 모래를 씹고 있을 겁니다

붉게 핀 영산홍
정원의 구석마다
예쁜 모습을 뽐내고 있는데
쓸쓸함이 온몸을 적시고 있습니다

고목에 핀 꽃

세월이 가지를 앗아가고
체면치레로 남아 있는 잎새 몇 개
그 고목에 피어나는 꽃도
풍상을 겪어 더 아름다워 보인다

하늘을 찌를 듯 솟구쳤던 가지
가지에 돋아난 잎새들
잎새 위는 새들의 놀이터
그 아래는 그늘이 큰 인간의 쉼터

내일은 모른다
힘차게 뻗은 가지와 뒤덮은 잎새들
새들이 노랫소리 창창하고
풀벌레 우는 소리도

내일은 모른다
앗긴 가지와 남은 잎새들
저승으로 가는 열차 소리도 들리고
뼈를 갉는 벌레 소리도 들리네

늙고 큰 나무에
붉은 꽃망울
더 아름다워 보이는
오늘의 그 꽃

봄이 오는 소리

시동생 좋아하는
냉이 무침 양손에 들고
미나리 김치는 머리에 이고
봄을 가지고 오셨네요

동서와 할 말이 많으셔서
조약돌 부딪치는 소리
바윗돌 부스러지는 소리
시간 가는 줄 모르시네요

정도 너무 많아
나무가 숨 쉬는 소리
진달래꽃이 합창하는 소리
끝내 말문 닫고 기다리면

얼음 녹는 소리 손에 들려지고
물 흐르는 소리 머리에 담기네요
꽃 소식 가득히 전하는
우리 형수님 오시는 소리

큰딸 지연이 시집가던 날

어미는 이십오 년의
태胎를 다시 끊고
아비는 이십오 년의
정을 끊습니다

끊어야 할 태의 고리
입가에 담담한 미소
끊어야 할 정의 끈끈함
눈가에 맺히는 이슬

장씨 가문에 튼튼한
뿌리내리려 가는 딸아
가서 잘 살아라
마음속으로 보내는 눈인사

손녀 윤정允禎이

할아범 닮아
무엇이든 잘 먹는
예쁜 손녀 윤정이

눈을 뜨면 식탁에 앉아
입에 넣을 것 찾는
참, 식성 좋은 손녀

넘어트리고 때려 부숴
성한 것 하나 없는 귀중품
그래도 귀여운 네 살짜리 윤정이

콜록콜록 돌림감기
재채기 한 번에
굴 송이 꽃 주렁주렁

할아버지!
나도 힘들어
어른스런 말 한마디

가슴에 와닿아
그 고통 나누고 싶은
할아범의 마음

손자 동윤東胤이

큰딸이 결혼 후
첫째로 품에 안겨준
선물, 예쁜 손자 동윤이

티 없이 고운 얼굴
눈으로 들어와
기쁨으로 마음 채운다

던져주는 맑은 웃음
활짝 핀 꽃이 되어 갈등 해소하고
웃는 해 안긴다

할아범
마음속 안개
활짝 걷어 주네

여보 조금만

늘그막에 흐트러진 모습
눈시울을 젖게 한다
목울대가 슬픔을 삼키듯이

자식들에게로 향한 당신의 정성
잠시도 눈을 떼지 못하게 하여
긴 세월을 지나왔는데

이젠 당신의 무릎을 베고
마지막 가쁜 숨을 쉬고 싶소
먼저 갈 준비는 하지 마오

그대 앞서 가면
나는 방랑의 환상을 쫓는 길가에서
혼자서 외로이 방황할 게 분명하오

건강의 나무 조금만 더 가꾸어
남은 세월 편히 쉴 쉼터
더 깊고 넓게 해주구려

부모님 산소를 찾아

풀벌레들의 우는 소리가 있고
새들의 지저귐이 있는
한적한 이곳 칠원동 뒷산 언덕

볼 수는 없어도 어머님
환히 웃던 당신의
얼굴을 떠올립니다

겉으로는 엄한 척하셨지만
속내는 늘 따듯하셨던 아버님
막내아들 이렇게 인사드립니다

가난한 세월에 태어나시어
그 굴레를 쓰신 채
평생을 보내셨습니다

주권主權이 없는 나라에서
일제의 사슬에 얽매인 채
평생을 사셨습니다

겨레의 고난 속에서
꿋꿋했던 당신들께서의
삶이 저에게 일러준 지혜

자유와 부富
넉넉히 주어진 세상에서
감사의 인사 다시 드립니다

감사합니다
-작은딸 결혼식에

아들의 결혼은 맞이하는 것이지만
딸은 품에서
떠나보내는 일이란 생각

보금자리를 떠나
서툰 날갯짓 몇 번
새로운 둥지를 찾아가는 길입니다

무거운 짐 벗어놓으니
날아갈 듯 마음은 가벼우나
숨길 수 없는 허전함이 따릅니다

못다 한 일 보내고 싶던
하루를 이젠 살렵니다
나머지 빈칸을 채우며

고르지 못한 날씨
따뜻한 정성 주셨음에
감사의 말씀 이렇게 전합니다

예쁜 아기 이유진

예쁜 아기가
첫울음 터뜨리며
세상의 빛 보았네

작은 입 크게 벌려
하품으로
산소를 공급받고

두 다리 쭉 뻗어
시원하게

배고픔과 응가
울음으로
모두 해결하고

아가 아가 울 아가
피어나라
예쁜 꽃으로

북경의 손녀딸 유선에게

금붕어 입이 뻐끔뻐끔
물고기 이야기들이
공기방울로 튀어나오고

삼 년생의 어린 꽃나무
꽃들의 이야기
줄기에서 물이 흐르듯 흘러내려

어허 둥둥
사랑의 꽃이여
어디서 이런 꽃을 보나

북경의 하늘 아래
태극무늬의 수
곱게 놓고 있는
어린 꽃나무야

먼 훗날 북경과 서울 사이
놓아주렴
무지갯빛 구름다리

고스톱을 치면서

너와 함께라면
온 세상 쓰레기
하얗게 덮어버리는
눈이어서 좋고
텅 빈 가슴을 적셔주는
가랑비여서 좋다

산모퉁이를 돌아가면서
흔들던 아쉬움의 손짓을
잊을 수 있어 좋고
생의 고개를 넘을 때마다
살갗을 찢어내던
아픔을 잊을 수 있어 좋다

밤을 하얗게 누벼도
밤이 가는 건지
내가 가는 건지
새벽은 오고
또 밤이 줄달음쳐오네
시간 속에 녹아 있는 사람
•지나치는 세월을 누가 알겠나

피붙이

북경에 사는 막내딸
품어 안은 병아리 같은
어린 두 딸 데리고
그리운 어린 시절 따라온, 서울 나들이

친정마당 빨랫줄에 참새로 앉아
말의 성찬을 벌리며
꿈같은 한때를 보내고
생활의 시간으로 날아갔다

빈터에는
그렁그렁한 구름이
붉은 노을 속으로
자꾸자꾸 번져간다

사랑하는 손주 동윤아

고목에 달라붙은 매미가 목청을 돋우고
어미 등에 업힌 새끼 고래
어깨도 나란히 넓은 바다를 헤엄치듯이

할아비의 등에 오른 손주 녀석
신이 난다고 귀까지 잡고 흔드네
어떻게 컸는지 생각도 없는 내 자식들

못다 한 사랑, 가난했던 마음
너에게 아낌없이 줄게
네 어미 몫까지 합쳐서

밝은 마음으로 이웃을 만나고
맑은 눈으로 세상을 보아
한 톨의 소금이 되었으면

찬직撰稙이가 빛을 처음 보던 날에

우리 아버지 세대까지는
대를 잇기 위해 친인척 중에서
양아들을 택하거나 타인이라도
입양하여 법률적인 친자관계를 맺었지

때 늦은 결혼, 사이좋게만 살아주기를
기도했는데 각고의 노력 끝에 뜻밖의
대를 잇는 예쁜 손자 녀석을 가슴에
안겨주니 넘치는 이 기쁨

분수를 넘는 재물이나 명예는 탐하지
말고 사는 삶, 몸과 마음이 건강해서
남에게 모범이 되는 평범한 일상을
즐거운 마음으로 최선을 다하는 삶

그런 삶을 살아주었으면 하고
이 늙은 할배는
무릎 꿇고 두 손 모아
조상님께 기도를 드린다

할아버지

흰 머리카락 사이에서
첫사랑을 집어내 보이면
손자 녀석은 빙글빙글 웃고

주름 사이에 묻혀 있는
옛사랑을 펼쳐 보이면
손녀도 생글생글 웃는다

할아비의 어제들은
그늘에 가리어져
신비에 싸여 있는 보물상자

귀가 안 들리고
바보스러워야 한다고
요놈들 깔깔 웃는다

막내 아우님 감사하이

젊은이로만 머리에 남아 있는 사람이
칠십 중반을 넘어 팔십을 바라보는 나이
물김치와 수수부꾸미* 속에 어머니
냄새가 깊게 배어있고

도토리묵과 배추 꼬리에서 짙은
어릴 적 추억이 스멀거리며
어제같이 다시 살아나

고향 음식으로 가득 채운
생일상을 받은 것보다도
더 감사하이

뒤늦게 막내딸로 태어나서
형제들에게 한 번도 빈손 벌리지 않고
떳떳하게 살아왔지

오히려 도움을 주면서 아들딸을 훌륭하게
키운, 꿋꿋한 자존심과 자립심
자랑스런 아우님

가정을 꾸준하게 지킨, 잘 만난 신랑이란
튼튼한 울타리가 더더욱
돋보이네그려

*수수부꾸미: 수숫가루를 반죽하여 둥글고 넓게 만들고 가운데에 팥
소를 넣어 번철에 지진 떡

한이 맺힌 어머니

추석 다음 날
신선이 산다는 산골짜기

가슴에 박힌 큰 못 하나
빼내지 못해 서러워라

두견새는 피눈물을 토하고
산울림에 잠이 들었지

그리움의 잔잔한 물결
기억의 저편에서 서로가 손짓하는데

한이 맺힌 목화 꽃송이
슬픔의 타래를 풀지 못한 채

오늘도
하얗게 하얗게 피어나고 있네

어머니, 길을 찾습니다

쉽게 말은 할 수 있어도
실천하는 데는 더듬거려야 하는
사랑과 용서

당신의 바닷속보다도 깊은 마음
태산같이 높은 뜻을
헤아리지 못하는 어리석음

용서하려는 마음 앞에
오기가 길을 막아
가던 길을 되돌아가야 하고

베풀려는 사랑조차
욕심과 이기심이 눈을 가려
계산기를 두드립니다

당신이 힘겹게 걸어온 길
길을 잃고 방황하는 못난 아들
지금도 길가에서 서성이고 있습니다

사모곡

봄이 가고 또 오고
팔십여 년을 뼛속에서 키워온
내 마음의 전나무

목구멍에
슬픔이 울컥울컥
강물 되어 흐르네

당신은 늘 배가 곯아도
너 먹어라 너 더 먹어라
빈속 채워주시던 어머니

언제 되새겨 보아도
새록새록 피어나는
당신의 가없는 깊은 사랑

언제 불러 봐도
가슴 아린 이름
영원한 나의 어머니

섣달그믐날

뒤뜰 앙상한 나뭇가지
깍깍 울던 까치 소리
반가운 손님 기다리던 어머니

손주의 발걸음 소리
동구 밖 개 짖는 소리에 행여 섞여 있을까
귀 기울이던 어머니

봉분 위에 소복이 쌓인 흰 눈
벙어리 되어 할 말 잃은 어머니
티 없이 맑게 웃던 당신이

사무치게 그리운 오늘입니다

평택시 서정리 장마당

흙먼지 날리던 거리
새 옷, 아스팔트 입고
번쩍이며 자랑이 한창이다

추운 겨울날에는 더 그리워지는
막걸리 사발가에 묻었던
아버지 엄지손가락 지문

등짐 무게를 감당하기 힘든 열두 살의 소년
견디지 못해 목을 앞으로 길게 늘이고
산길 따라 타박타박 백 리 행상 길

더듬이 잃은 울 아버지와 형들
피멍이든 어린 어깨에 기댄 채
형틀에 꼭꼭 묶여 움직일 수 없는 손과 발

후벼 판 전쟁이 상처가 아물 즈음
구부러진 허리 펴보니
아름다운 저녁노을이
앞을 막고 다가선다

더 갈 곳이 없다고

부모님 전 상서

전을 부치면서도
동구 밖을 향해
기다림의 긴 목을 늘리시던
어머니

제상에 올릴 밤을 까면서도
손주 녀석 만날 생각에
젖어 계시던
아버지

저녁노을이 아름답게 느껴지던
명절의 설렘이 사라져갑니다
꿈과 사랑
이젠 당신 곁으로 갈 시간이 다가옵니다

지난 길을 되돌아보니
모두가 가는 길이 다를 뿐
목적지가 같은 곳임을
이제야 알 듯합니다

당신의 눈 속에서 크고
당신의 품속에서 자란
못난 이 아들, 차디찬 산소 앞에서

두 손 모아 감사의 인사 드립니다

시골 장터

목이 버티기엔
버거운 짐
머리에 이고

자박자박 발걸음 소리
장마당 찾아
새벽을 가른다

푸성귀 몇 단으로
길가에 전塵을 벌이고
땡볕에 까맣게 그을린 얼굴, 얼굴들

목구멍으로 감겨 넘어가는
몇 가닥의 장터국수
꿀맛으로 허기를 달랜다

땅거미 동무 삼아 집으로 가는 길
빈 광주리엔 지친 아기 울음소리
노을 따라 함께 걷는다

탱탱하게 불은 야자열매 두 개
발자국 옮길 때마다
출렁이는 사랑의 춤

태백산 눈꽃송이

열흘 붉은 꽃이 없듯
삼일이면 녹아내릴 눈꽃송이

태백의 골짜기마다
흐드러지게 피었다
전쟁의 상처는 까맣게 잊은 채

죄없이 사라져 간
남과 북의 젊은 혼백들
흰 눈 위의 그리운 사람

하염없이 쌓이고 쌓인다
진혼곡
계곡마다 메아리친다

DMZ의 오늘

바람소리
새소리
따스한 햇살까지
빨아드린 고요

긴장이 감도는
폭풍전야의 적막강산

마지막 비명의 여운이 오늘까지
메아리친다

고향의 어머니가 보고 싶다는
청춘의 넋들의 가녀린 그 소리
고요 속에 묻혀 목젖이 없네

울적한 이 마음의 가닥
어느 강물에 풀어낼까

4월 혁명정신이여! 굳세게 피어나라

자유당 정권의
부정부패에 항거하다가
희생제물 된

마산 중앙부두에 솟구친
김주열 학생의 처참한 시신
정의 깃발 펄럭이며

천일백화점 앞 자유당 사주
정치깡패들의 고대생 습격 사건이 뇌관이 되어
전국적으로 분노가 폭발하여

단숨에 경무대까지
목숨 바쳐 외쳐대던
자유·정의·민주의 용사들

피를 먹고 자라는
자유민주주의를 위해
피어 보지도 못한 채
스러졌던 꽃봉오리들

여기
수유리에 잠들다
내 조국 방방곡곡
산골짜기마다

사월 혁명정신이여
대를 이어
잊지 말고 씩씩하게 피어나라

편백나무꽃

교회에서는 성물 가지로 쓰이고
건강 힐링 역할을 하는 편백나무

숨어서 피는
작고 앙증맞은 꽃

반짝반짝 빛나는 노란 꽃은
확대경에서만 참 얼굴을 보여 준다

외모는 화려하지 않아도
내면세계가 꽉 찬 꽃

자선냄비를 보기만 해도
마음은 자라목이 되어 움츠러들고

자손들의 일에는 주머니 크기를
가늠 못 하는 우리들의 모습을 보고 있노라면

너와 내가 함께 호흡하며 사는 세상
몸을 낮추고 낮추면서
편백나무꽃을 닮고 싶어

성당의 낮은 문턱을
높이 보며 넘어가 본다

우리 아버지

살이 빠져 광대뼈가 돋보이던
늘그막의 얼굴이 세월이란 이름으로
제게서 피어납니다

화를 참지 못하는 불같은 성품
교양이란 이름으로
가슴 깊은 곳에서 들끓고 있습니다

입은 은혜는 돌에 새기고
베푼 은덕은 흘러가는 물에 새기라고 했는데
문고리가 춤을 출 정도의 코골이

당신의 손자도
과일나무같이 해거리했나 봅니다
빼어나게 닮았습니다

화사한 벚꽃은
올해에도 내년에도 아니 영원히
유전이란 이름으로 자자손손 피어갈 겁니다

동작동 서울 현충원에서

조국의 부름이 있을 때마다
하나밖에 없는 목숨
초개같이 바친 넋들이
영원히 쉬는 이곳

박태기나무 붉은 꽃
지금도 선혈이 낭자하게 흐르듯
봄마다 붉게 피고

아픔이 가시지 않은 채
게시판마다 줄지은
이별의 아쉬운 사연들

찾는 이의 발자국마다
슬픔이 고이고
조국이 있음이 자랑스럽다

그대들이 있기에
이 땅에 태극기가 힘차게 펄럭인다
애국가를 목청껏 불러본다

오이 덩굴손

오이 덩굴손은
늘 온기를 머금은
할머니 약손

의지할 데만 있으면
손길을 칭칭 감아올려
어린 새끼 오이를 위한 저 몸부림 좀 봐

황금과 사랑의 무지개를 좇아
자식을 손에서 쉽게 놓아버리는
현대판 엄마야 좀 봐

말 못 하는 오이를 보기에
부끄럽지도 않느냐
갈고리 잃은 너의 맨손이

어서 보여다오
화장기 씻어버린
너의 민낯을

사람의 향기

잠에서 깨어나면
생각나는 사람
꿈길에서도 나타나고

생각을 키울 때마다
행복의 미소 짓게 하고
눈까지 감겨주는 사람

그 사람의 그윽한 향기
마음을
사로잡고 있네요

꽃에도 만리향이 있고
천리향이 있는데
흉내라도 내고 싶어

오늘도
붉게 타는 저녁노을 앞에서
옷깃을 여미어 본다

제주 억새풀

바닷바람에
흰 머리카락 휘날리며

몸과 마음을 다해
서걱이며 부르는
늦가을의 마지막 노래

억새풀의 마지막 자존심
하얀 잎맥이 반짝이며
바라보는 짙은 노을

멀리서 어둠이 깔려오네
마음이 등불 환하게 켜고
기다리면 봄이 다시 올까

아지랑이 타고 더불어 가자고
질긴 목숨 억세게 버티고 있지 않은가

*처가 다섯 형제와 동서들과 함께한 제주 여행 중에서

3부

노을 앞에서

행복했던 시간들(처가 5자매와 동서들)

왼쪽부터
심규순 약사와 이병성 약사/ 심복미 여사와 김중한 사장/ 심준자 여사와 필자
심규남 교수와 조성의 교수 / 심미남 여사와 민병대 사장

추억은 늘 아름다워

벌겋게 달구어진 숯불 위에
꽃등심을 굽다가
뜬금없이 칠십여 년 전
어렸을 적 십 대의 내 모습이
덥석 손을 잡는다

등에 끈으로 매어진
자판기를 가슴에 안고
럭키스트라이크 팔말
아까다마를 외치며 손님 찾아
무작정 거리를 헤매던 까까머리 12살

길가에 무쇠 솥뚜껑을 뒤집어 놓고
간장 물에 고추장 풀어
열을 가한 가래떡 두 개
현대판 떡볶이로 점심으로
허기진 배를 때웠지

소고기가 목구멍을 넘어가지 못하고
멈칫멈칫 주저앉은 채 머뭇거려
목이 메어 말을 잇지 못하네
맨발로 걸어온 가시밭길
인생의 저녁노을 앞에선 한때 지나간

아름다운 꿈이었지

*송탄초등모임 회식에서(2023년 4월 18일)

이별 예감

그대 내 곁을 떠나
나래를 활짝 펴고
훨훨 푸른 하늘을 나시게

극락이든 천당이든
하늘이 시키는 대로
편히 가시게

몸과 마음이 건강하고
생각이 지혜로웠던
천사였었지 나에게는

새록새록 피어날 가슴앓이
깊고 깊은 곳에
겹겹이 쌓아가며

긴 밤 긴 낮
목을 왼쪽으로 꼬며
내 어이 홀로 살란 말인가
함께 생산한 삼 남매는 어떻게 하고

*1979년 9월 29일 아내 유방암 예정 선고를 받고

옛일

검은 머리
탈색되어
어렵게 찾은 곳인데

전철역 창가에
이름을 쓰고 지운다
검지가 시리도록

등 돌려 제 갈 곳 찾아
수십 년
인생길에는 아름다운 저녁노을

열심히 살아 좋은 열매
따스한 햇볕 누려도
마음속은 늘 슬픈 연가戀歌

둥지

새들이
둥지를 떠날
준비가 한창입니다

완성의 기쁨보다
이별의 아픔이
짙게 깔립니다

수많은 어릴 적의 추억이
머리 속에 감도는데 벌써
나래를 펴고 떠날 채비를 합니다

자식도 품속에 고이 품고
영겁을 살 수는 없어
오늘은 하늘이 더 커 보입니다

어릴 때 벗들은 어디에?

청계산 골짝
벗과 나란히 누워
흐르는 물소리를 들었네

느티나무 사이로 보이는
푸른 하늘
구름 한 점 불러놓고

어디 갔을까
땡볕 아래
송사리 잡던 벌거숭이들

다시 안부를 묻네
푸른 바람을 보내
고향 방죽에서 말잠자리 잡던 친구들

마지막 눈인사

삶과 죽음의 갈림길
말이 없는 마지막 이별
가슴으로 나누는 눈인사

혈연 학연과 지연으로
맺어진
팔십여 년의 연결고리

우정의 탑이 와르르
무너지는 소리
밀물 되어 밀려오네

오늘은 네가 떠나고
내일은 내가 떠날 채비
모레는 누가 떠나지

다시 만날 기약 없는 이별
넓혀진 텅 빈 자리
찬바람만 스쳐가네요

*故 박이수 학형을 보내드리며

봉선화에게

지난밤 비바람이 몰아붙이더니
봉선화가 할미꽃이 되어
살포시 고개를 숙였네

시멘트 바닥 틈새를 비집고
싹을 틔우고 몸 가꾸어
예쁜 꽃과 싱그러운 잎을 뽐냈는데

아침 저녁으로 고향의 꿈 다지며
사립문께의 어머니가 가꾸시던 화단
분홍색으로 물들인 누이의 손톱 생각에 젖는데

부푼 가슴 열어
검은 씨앗 멀리 퍼트려
그 모습을 내년에도 다시 보여 주렴

꽃길

하얀 목련 꽃잎을 따서
우윳빛 모자를 만들어 쓰고

개나리 노란 손을 이어
목걸이 만들어 두르면

꽃길 따라 섬진강에 닿아
매화볼 볼우물 만지려나

꽃길 바람에
하늘하늘 꽃잎 흩날려
꽃 속에 꽃으로
당신, 오시려나

칠순 잔치

장마철에는
꽃 모종삽 손에 들고
뒤란을 오가던 누이는 가고

연결고리인 조카들도
한 마리 도마뱀이 되어
꼬리를 자른 지 오랩니다

말을 잊은 전철도
힘겹게
서정리역을 지나칩니다

송탄초등학교 4회 동창들
마음은 민들레 꽃씨가 되어
하늘을 훨훨 날고 있습니다

이젠 종착역인 하늘나라 역입니다
평택역장의 함성은 하늘을 찌르는데
손님들은 귀가 먹어 듣지를 못합니다

새의 노래

슬피 우는 울음소리로
새벽을 가르는 새야

사냥꾼에게 잃은
짝을 찾는가

천적의 먹이가 된
새끼를 애타게 기다리는가

눈물샘이 말라붙어
흘릴 눈물도 없는 피맺힌 울음

마음이 아리고
가슴이 저려오네

포트딕슨의 스치는 바람아
너는 아느냐 아침부터 울어야 하는
저 새의 속내를

질경이 꽃에게

누르면 눌리고
밟으면 밟힌
길섶의 질경이

가슴에 피멍이 든 채
벙어리로 살아온
한 많은 오십여 년

아름답구나
네 가슴에 활짝 핀
흰 꽃송이

조상님들의 마음에 엉킨 매듭
장하구나, 네가
전하렴, 이젠 편히 눈을 감으시라고

병상일기

빨래를 쥐어짜듯
온몸을 뒤틀어
피 한 방울을 저미어 낸다

이마에는 땀방울이 성글이고
노란 하늘이
가슴에 와 박힌다

일렁이는 파고波高 속에
외마디 신음 소리는
가슴을 옥죄이고

다시 찾아드는
따스한 햇살
호수는 잔잔해지고

언제인가는 물러설 너이기에
기다림을 가슴에 얹고
오늘도 터널을 뚫고 있는 거다

달창이 숟가락

늙기도 서러운데
발가락으로 밀어내시는가

뼛속의 허허로움
바람이 지나간 자리외다

때로는 시퍼런 칼날이 되어
감자 껍질을 벗기기도 하고

할머니의 치아가 될 때는
깊은 속살을 저미어도 낸다네

숨을 죽이고 순리를 따라 살아가는
달창이 숟가락

골같이 깊게 파인 주름 속에
하얗게 피어나는 웃음꽃

하늘나라로 띄우는 편지

수많은 세포 속
지난 세월의 발자국
그리움만 하얗게 쌓여가고

기억의 저편
가물거리는
부를 수 없는 이름들

털어버리고, 털어내도
지탱하기 버거운
생의 질긴 인연들

수첩에서 솎아내어
띄우는
하늘나라로 가는 편지

세월에 밀려

새 둥지로 자식들
모두 떠나고
둘만의 빈집

누운 마음 일으켜
힘찬 날갯짓으로 푸른 하늘을 날게나
당신의 가벼운 깃털이 되어줄게

힘들면 날개 접고
눈감은 채 편히 기대게나
튼튼한 어깨로 받쳐줄게

좋아하는 당신의 꽃
빽빽하게 심어보소
내 마음 밭, 텅 비워놓을게

그대 외로울 땐
말벗이 되어
그대 따르는 그림자가 되어줄게

지평선에 지는 붉은 노을 바라보면서
잡은 손과 손에 전해오는 따뜻한 체온
마음과 마음이 하나일세

노을 지고 어둠 깔리면
짝 잃을 외기러기
누가 먼저 별이될까

가는 세월, 길을 막고 싶네

빛과 그림자

어둠이 있기에 빛은
제 몫을 하지요

계곡이 깊은 만큼
산이 더 높듯이

어둠이 짙을수록 빛은
더 밝게 보이지요

걸어온 가시밭길
뾰족한 가시 끝마다

맺힌 핏방울
햇살에 반짝입니다

그대가 나를 사랑한다 해도

으스름달밤에
비단옷 몸에 걸치고
홀로 길을 걷는다

길 위에 달빛 넘쳐흐르고
외로움이 목을 외로 꼰 채
훌쩍거린다

당신 곁에 있어도
막을 길 없이
밀려오는 외로움

그대 그림자 누일
집 한 채 예쁘게 짓고
소리 없이 자장가나 불러야지

노년의 애환

소나무 사이에 이는 바람에
흰 눈이
햇볕 아래 여문 소금처럼
반짝반짝 빛나며
봄맞이 준비에 시간이 없어

염색한 머리 밑동에는
새치도 아닌 흰 머리칼이
뾰족이 나와 아우성이다

계절도 모르고 봄을 기다리는
철부지들
저승길 가는 길에

병상에 누워
짧게 깎인 네 흰 머리칼이
봄소식 아닌 이승 떠나는
꽃상여 요령 소리려니

마지막 정리

기차가 온 힘을 다해
마지막 기적을 우리며
가파른 언덕을 힘겹게 올라갑니다

내뿜는 하얀 연기가 하늘을 뒤 덮고
죽은 자의 옷가지들이 타고 있는 동구 밖
그곳에도 피어나는 흰 연기

언덕 너머에는 말 없는 종착역
검은 옷 저승사자와 함께 기다리는데
사진첩에 빛바랜 사진들을 한 장씩 넘겨봅니다

종착역에 도착하기 전
기차 안에서까지 할 일들이
겹겹이 쌓여갑니다

인생의 종착역은 다가오는데

겨울을 재촉하는
애환 머금은 가을비가
어둠을 뚫고 내립니다

나뭇잎이 곱게 물든 채
생을 마감하듯이 친구들이
하나 둘 저세상으로 가고

저승행 대합실에는 환자별로
모여 있는 이들
못 가겠다고 손사래를 친다

외투 깃 치켜세우고
모자를 푹 뒤집어쓴 채
다가올 칼바람을 맞이하세

아지랑이 아롱거리는 봄은
어김없이 올 테니까

나의 그녀, 집사람에게

오십여 년을 새장에 갇혀 산 새

나머지 인생을 마음껏 즐기고
자유를 만끽하라고
문을 활짝 열어주었다

두 날개를 활짝 편 채 하늘을 날더니
어디론가 사라진다

정오에 다시 찾아와 집을 한 바퀴 돌더니
어느 곳인가로 훨훨 날아간다

허전한 마음을 한 구석에 간직한 채
저녁노을 따라 집에 와 보니
온몸에 상처투성인 채
새장 앞에서 떨고 있다

문을 열어주니 힘없이 들어간다
풀어 놓아줘도 되돌아오는 바보새

우리 안에서 혼자 길게 홰를 친다

장미꽃 이야기

숲속에 자리한 그림 같은 집
넓은 정원의 꽃밭 한구석
큰 단풍나무 그늘에 앉아

장미꽃에서 피어나는 추억들은
놀라운 은총 'Amazing Grace'의 선율에 녹아들고
작약 속에 스며든 옛이야기
솔베이지의 노랫말에 잦아진다

되돌아보니 고난이 쌓인
발자국도 보이지만
그래도 인생의 즐거웠던
소풍길이 아니었던가

해는 중천에서 기울어진 지 오래고
아름다운 저녁노을이 다가오네
노래 'Time to Say Good-bye'
한 번 더 청해 듣고 싶네

눈을 지그시 감고
마음으로 들으며
스르르 영원한 잠에 빠지고 싶으이

*동창 이길환의 집 정원에서 올린 아들 결혼식에서

미리 해본 작별 인사

인생의 가시밭길을 걷던 시기
허허로운 가슴을 채우기 위해
정처 없이 발길을 돌린
충북 괴산군 동부리 522*

고요가 흐르는 한밤중 잠을 잊고
곤하게 자는 그녀의 곱게 늙어가는 모습
물끄러미 훔쳐보니 가슴에 울컥하고
걷잡을 수 없이 슬픔이 강물처럼 밀려오네

꿈 같이 지나간 오십여 년**의 짧은 세월
오늘의 나를 만들어 놓은 사람
그간 "미안했소"
　　"고마웠소" 그리고
　　"감사하오"

뉘엿뉘엿 저물어 가는 저녁노을이
하늘을 아름답게 물들여 가요
긴 이별이 시간이 곁에 와 있어
인생길이 즐거웠다는 말씀 전하오

*동부리 522: 옛날 처갓집 주소.
**오십여 넌: 결혼기간.

사랑, 그 여행길

김원호 지음

발행처 도서출판 **청어**
발행인 이영철
영업   이동호
홍보   천성래
기획   남기환
편집   이설빈
디자인 이수빈 | 김영은
제작이사 공병한
인쇄   두리터

등록   1999년 5월 3일
       (제321-3210000251001999000063호)

1판 1쇄 발행 2024년 4월 30일

주소   서울특별시 서초구 남부순환로 364길 8-15 동일빌딩 2층
대표전화 02-586-0477
팩시밀리 0303-0942-0478
홈페이지 www.chungeobook.com
E-mail ppi20@hanmail.net

ISBN   979-11-6855-243-2(03810)